한국 희곡 명작선 102

貢女 雅實 (공녀 아실)

한국 희곡 명작선 102

貢女 雅實 (공녀 아실)

강추자

평민사

강우주자

貢女 雅實(공녀 아실)

등장인물

아실(고려. 전 추밀원부사 권문직의 딸, 후에 공녀로 끌려감)
권문직(아실의 아버지, 추밀원부사를 지냈음)
정씨부인(아실의 어머니)
인인(궁중 어릿광대, 후에 승화후 온의 심복 부하)
승화후 온(아실의 약혼자, 왕손의 후예, 삼별초의 온왕)
배중손(삼별초의 장수)
혼도(원의 장수)
원종(고려의 왕)
김방경(고려의 장수)
이장용(고려의 중신)
김준(고려의 중신)
임유무(고려의 중신)
순금아범
순금어멈
순금
정금
은금
공녀 多數, 군졸 多數, 백성 多數

때

고려 원종 11년부터 12년까지, 삼별초의 난중.

곳

고려, 개경, 서해도, 회령, 진도(珍島)

제1경

원종 11년, 개경의 궁중. 원나라 사신을 접대하는 모화루. 고려 중신, 이장용, 김방경, 임유무, 김준 등이 붉은 기둥 밑에 모여 있다.

이장용 (작고 낮은 목소리로) 민란이 일어났소! 오늘 새벽에 숭겸이란 자가 일어났다 하오.

김방경 도대체 목적이 무엇일까요?

임유무 자, 어서어서 자초지종을 얘기해 주십시오.

김방경 큰일이오. 오늘은 원에서 사신이 오는 날 아니오?

김준 (이장용에게) 상세히 얘길 해 주십시오. 그들이 누굽니까?

이장용 권문직을 옹호하는 자들이라 하오이다.

임유무 도대체 어떤 자들이오?

이장용 관노 숭겸이란 자가 이끄는 무리들이라 하오. 수백에 이른다하오.

임유무 (믿을 수가 없다는 표정) 바로 이 개경에서 말이오? 수백씩이라구요? 어디에 그런 무리들이 숨어 있었단 말이오? 어처구니가 없소.

김방경 강화에서 개경으로 천도한 것을 불만으로 삼는 자들이 많았었소. 몽고에게 화친한다 해서 말이오.

김준 그야, 백번 잘못한 일이지요. 원을 쳐부수려면 강화에 남아있었어야 했소.

임유무   그렇소. 그 곳에 있는 것이 훨씬 유리했지요.

이장용   (언성이 높아진다. 그러나 노인 특유의 인내가 담겨 있다) 여기 모이시라 한 것은 개경 천도를 잘 했느냐, 못 했느냐 하는 것을 얘기하자는 것이 아니오. 권문직 그 사람은 고향에 가만히 앉아서 개경의 수백 관노들을 일어나게 했소이다. 게다가 그가 올린 상소문이 비밀리에 베껴져서 전국 방방곡곡에 방으로 나붙는다는 게요.

김준   그까짓 관노들 쯤이야. (코웃음 친다)

김방경   모르는 말씀이오. 그들은 무술로 단련된 사병 출신들이 많소. 그들이 합치면 무서운 군대가 되오.

이장용   오늘 공교롭게도 원의 사신이 오는 날이오. 방금 전에 나는 그들이 이곳에 곧 도착하리라는 전갈을 받았소이다. 이번에도 원나라 사신은 수많은 공물과 공녀들을 요구할 것이요. 관노들의 움직임이 심상치 않은 이때, 기름종이에 불붙는 결과가 될지도 모르는 일이외다. 게다가 원의 사신이 난이 일어난 것을 문제 삼게 돼도 곤란한 일이구요. 지금 이 시각에도 강화도에서는 개경환도를 반대한 무리들이 모두 일어나 부고(府庫)를 발하고 반란의 기세에 있다 하오이다. 게다가 권문직과 가까운 숭화후 온으로 하여 왕을 삼으려 한다는 소문이요. 아니, 어떤 소문에는 권문직 자신이 왕이 되려 한다 하오.

김준   더 이상 수탈을 당하느니 차라리 그 편이…

김방경   무슨 말씀을 그리 하시오?

이때 멀리서 몽고 사신의 입장을 알리는 음악 소리 울려온다. 인인(忍忍), 처용의 모습을 한 탈바가지를 쓰고 뛰어 나온다. 그는 궁중의 어릿광대다.

인인   쉬이! 쉬이! 물렀거라. 물렀거라. 혼도 장수 나가신다. (무대 한 바퀴를 돌아 왼쪽 귀퉁이에 가서 선다)
이장용   (드높이 알린다) 혼도 장군이시오!

혼도, 호탕한 웃음을 터뜨리며 호기 좋게 왼쪽에서 들어온다. 깡마르고 초췌한 원종, 오른쪽에서 나와 서로 인사를 나눈다. 중신들, 모두 읍하고 음악은 드높이 울려 퍼진다.

혼도   (손을 들어 음악을 중지시킨다) 고려를 아주 소국이라 들었는데 생각보다는 훨씬 크고, 또한 아름다운 문화를 가진 듯하오.
원종   고맙소이다.
혼도   안색이 몹시 안 좋으십니다. 심기가 편치 않으신가요? 매우 불안하신 것 같습니다. (넌지시 떠본다)
원종   예, 어제 밤잠을 좀 설쳤더니… 저보다도… 긴 여행에 노고가 많으시오.
혼도   우리나라 황제 폐하께서는 저번의 창(昌)왕 사건을 무척

불쾌하게 생각하시오. 다시는 그런 일이 없기를 바란다고 전하라 하시었소.

원종 면목이 없습니다.

혼도 그러나 나는 오늘 새벽, 또 다시 개경에 심상치 않은 일이 일어났다는 것을 알고 있소이다.

원종 (당혹하나, 침착하게) 예, 좋지 못한 일이 일어났었지요. 하지만 다 잘 해결이 되었소이다. 심려치 마십시오.

이장용 황공하오나 제가 나중에 상세히 설명해 드리지요. 그보다도 오랜 여행에 심신이 피로하실 텐데 쉬시는 게 어떠실는지요? 그리고 소찬과 간단한 여흥이 마련되어 있사옵니다.

혼도 좋소이다. 그 얘기는 나중에 듣도록 합시다.

이장용 (인인에게) 이봐라! 인인, 네가 먼저 시작하도록 하라!

인인, 장난스럽게 재주넘기와 몇 가지의 유흥을 해 보인다. 여기 저기서 몇 명의 남자들 뛰어나와 인인과 어울려 춤을 춘다. 그 사이 술과 고기가 차려진다. 혼도, 호탕하게 웃어대며 잠시 인인의 여흥을 즐긴다. 혼도, 갑자기 중단시킨다.

혼도 고려에는 예쁜 여자들이 많다고 들었소. 오늘 이곳에는 여자들이 보이질 않으니 웬일이오?

이장용 (인인에게) 너는 이제 나가고 궁녀들을 들게 하라.

인인, 무대 밖으로 뛰어나가고, 뒤이어 음악소리와 함께 궁녀들의 군무가 한판 어우러진다. 혼도, 군무를 추는 무리 속에 들어가 호탕하게 웃으며 돌아간다.

김방경　(작은 소리로 옆의 김준에게 속삭인다) 저번 아해와 달리 담력으로나 지위로나, 대단한 사람이라 합디다.

김준　그의 아버지 또한 큰 장수였다지요.

혼도, 갑자기 춤을 멈추고 음악을 정지시킨다. 예쁘다고 생각되는 무희 셋을 골라 옆으로 세운다. 그는 무희들을 향하여 말한다.

혼도　(무희 1,2,3에게 손가락으로 일일이 지적한다) 너, 너, 너, 너희 셋은 나와 함께 몽고로 갈 것이다.

무희 1　아이구, 어머니. (넋이 빠져 주저앉는다)

무희 2　(원종에게로 가 엎드려 운다) 폐하! 살려주옵소서.

무희 3　싫사옵니다. 싫어요! 싫어요!

도망가려다 긴 치마를 밟고 넘어져 경기 들린 아이처럼 떨며 소리친다.

무희1,2,3　못 갑니다. 못 가요! 못 가요! 가기 싫사옵니다.

춤을 추던 무희들, 모두 떨며 흩어져 선다. 궁중 안은 사람들의 술렁거림으로 가득찬다.

혼도 이런 발칙한 것들! 뉘 앞에서 앙탈들인가?

술렁이던 소리 뚝 그친다.

무희 1 폐하! 살려 주옵소서!
무희 2 폐하! 살려 주옵소서!
무희 3 폐하! 살려 주옵소서!

무희 셋, 왕 앞에 달려 나와 엎드려 운다.

무희들 (모두 엎드린다) 폐하! 살려 주옵소서.
원종 조용히들 해라! 조용히들 하란 말이다.

이때. 흰옷을 입은 권문직, 군사들의 만류를 뿌리치고 달려 들어와 단검으로 혼도를 찌르려 한다. 억센 혼도의 손아귀에 잡혀 칼을 빼앗긴다.
혼도가 밀쳐내어 무대 가운데 나둥그러진다.

혼도 이놈은 대체 누구냐? 웬놈이기에 감히 나를 죽이려 하느냐?
원종 아니, 너는 권문직이 아닌가? 고향에 있는 줄 알았거늘,

이게 어찌 된 일이냐?

권문직 (왕 앞에 무릎을 꿇는다) 일찍이 왕건 장군은 후삼국의 혼란을 수습하여 통일왕조 고려를 세우셨사옵니다. 저 넓은 만주 벌판까지 다스리던 용맹스런 고구려의 계승자임을 자처하시고, 북진 정책을 써서 북방의 야만 민족을 토벌, 정복하셨사옵니다. 거란이 소배압을 앞세우고 쳐들어 왔을 때 강감찬 장군은 귀주에서 대파하여 거의 전멸시켰사옵니다. 또 예종 때는 윤관 장군이 여진족을 점령하여 함주, 영주, 길주, 동태진 등에 구성을 쌓았었사옵니다. 이제 고려는 다시 몽고의 침입을 받아 국운이 어지럽사옵니다. 통촉하시옵소서. 선대의 얼을 잊지 마옵소서. 고려 전국은 초토가 되고, 백성들은 초근목피를 찾아 산간을 헤매고 있사옵니다. 그러나 저들은 쉴 새 없이 공물을 거두어 가고, 사람마저 물건인양 거두어 갑니다. 말라빠져 거미 같은 백성들은 나뭇가지라도 쥐고 저들을 대항하고 있는데 궁중 안에서는 술과 고기로 그들을 환대하다니 참으로 피가 끓사옵니다. 자손대대 천추에 길이 남을 치욕의 왕이 되지 마옵소서! 폐하!

원종 이 무슨 경거망동이오?

권문직 성왕이 그 천하를 다스림에 일시동인하였습니다. 그러나 이제 고려 사람들은 딸을 낳으면 이를 숨기고 이웃이라 할지라도 보지 못하게 하옵니다. 중국서 사신이 오면 질색하여 서로 돌아보며 그들이 공녀를 취할 것인가, 처첩을 취할 것인가, 전전긍긍, 군사가 방방곡곡 집집을 수색하고 숨긴 자식과 그 이웃들을 옥에 가두고 매를 치니 몽고 사신이 오는 날은 개와 닭조차 편치 못하였습니다. 서경에 이르기를 '필부 필부가 스스로 그 뜻을 얻지 못하면 임금도 함께 그 공을 이루지 못한다' 하였사옵니다. 통촉하옵소서, 폐하!

원종   저자를 어서 끌어내라!

군사들, 권문직에게 달려 들려 하나 혼도 막는다.

혼도   (기를 죽이듯 큰소리로 웃는다) 고려놈들은 모두 고자 같은 놈들만 있는 줄 알았더니… (대신들을 둘러보자, 그들 외면한다) 이제 보니 사내다운 사내도 있었구료? (그러나 심한 노여움으로 얼굴이 바뀐다) 그래, 고려의 사내, 도대체 네놈은 누구냐?

권문직   알 필요 없다! (벌떡 일어난다)

혼도   (권문직의 주위를 뱅뱅 돈다) 흠 제법인데? 기상이 좋아. (걸어가다 획 돌아서서 무서운 눈으로 쏘아본다) 그래, 너는 고려답다. 눈치만 보고 발바닥이라도 핥는 시늉을 하는 놈들보다야 낫지. 네놈 같은 놈을 고려인이라고 할게야. 고려놈들은 식량을 빼앗고, 말을 빼앗고, 계집을 빼앗아도 나무 사이로 숨었다가, 물 건너로 숨었다가 부지깽이라도 들고 끊임없이 대항해 온다 들었지. 삼십여 년간, 너희 고려놈들과 씨름한 지가 삼십 년이 훨씬 넘는다. 그런데도 고려놈들은 계속 살아 남아 달려들고 있다. 한마디로 끈질긴 인종이란 말이다.

권문직 너희놈들은 이제 곧 망한다. 고려는 동방예의지국, 모든 일에 예의범절, 법도가 따른다. 아름다운 문화도 있다. 바람 부는 황량한 벌판에서 말과 함께 천막에서 잠자던 유목민, 너희는 힘이 세어도 머리에 든 것이 없다. 그것 하나만으로라도 고려는 살아남을 것이다.

혼도 (칼을 뽑아든다) 그러나 네놈은 살아남지 못하리라!

권문직 잠깐만, 네놈을 못 죽였으니 내가 죽게 될 것이다. 허나, 내 몸에 몽고놈의 손이 닿는 것을 원치 않는다!

권문직, 스스로 혀를 물고 나뒹그러진다. 무희들, 비명을 지르며 눈을 가린다.

무희들 혀를 물었어! 혀를 물었어! (웅성거린다)

김방경 (달려가 권문직의 얼굴을 들여다본다) 죽었사옵니다.

원종 지독한지고… (울듯이) 지독한지고… (부들부들 떤다)

혼도 에잇, 발칙한 놈! 저놈에게 아들이 있으면 단칼에 죽여 없앨 것이요, 딸년이 있으면 공녀로 보내시오. (군졸들을 돌아보며) 그놈의 시체는 개경 안을 한 바퀴 돌린 후에 사지를 찢어 사대문 네 귀퉁이에 걸도록 하라! (퇴장)

중신들, 무희들, 권문직의 주검을 보기 위해 둘러선다. 인인만이 혼자 힘없이 털썩 주저앉았다가 권문직이 떨어뜨린 칼을 발견하고 슬며시 품속에 간직한다. 조명, 어두워지기 시작한다.

인인 (허탈하게) 나도 인자 떠나야겠으라우. 이 궁중이 싫어졌다 니께요.

인인에게로 모아들던 조명, 사라진다.

– 암전 –

제 2 경

원종 11년 가을. 서해도 아실의 집.

누런 황토 바람이 집 뒤쪽 들판을 채우고, 군마들의 말발굽 소리가 한바탕 뒤흔들고 지나간다. 누렇게 황폐한 들녘 귀퉁이에 넋을 잃고 앉아 있는 흰 두건을 쓰고 남루한 옷을 입은 순금아범, 순금어멈. 또한, 아실 집 마당에는 멍석자리 위에 정화수 상이 놓여 있고 아실과 정씨부인, 정성껏 치성을 드리고 있다.

순금어멈 (황토먼지를 달고 말발굽 소리가 사라진 쪽을 향하여 주먹을 휘두른다) 몽고 웬수놈들! 곡식을 모두 빼앗아 가면 우린 어떻게 살란 거여! 어이구, 웬수놈의 난리.

순금아범 매 가슬마다 쳐들어와 게우 씨 뿌려 거둔 곡식 다 거둬들여 가니…

순금어멈 죽어야 할까비여. 우리네 이렇게 힘없고 미련한 우리 농사꾼들, 몽땅 죽어야 할까비여.

순금아범 고려 나라두, 관리들두 풍비박산이 나버렸는지 감감소식. 무지한 백성들은 속수무책.

순금어멈 나라라는 것이 없어져 버린 것이나 아닌가 모르겠네? 보이는 건 몽고놈들 깃발, 들리는 건 몽고놈들 말발굽 소리뿐이니… 나라가 몽땅 비어 버렸는데 우리만 모르는 것

아닌감유?

순금아범　그럴 리야…

순금어멈　미련한 백성들만 남아서 매해 가슬마다 뺏기는 헛농사만
짓고 있는 것이나 아닌가 모르겄네유. 있으나 마나한 나
라만 믿구… 올해는 칡뿌리나 캐어먹고 농사는 짓지 말았
어야 허는 건데… 이 미련한 인사들은 아는 게라곤 농사
밖에 없으니…

순금아범　(버럭 소리 지른다) 아 농사꾼이 농사를 안 지으면 뉘가 짓는
단 말여?

순금어멈　그래 허리병 앓아가며 빼빠지게 지은 농사 다 어쨌는감
유? (분을 못 이겨 땅을 친다) 어이쿠! 그래 우리 손엔 이제 뭐
가 남았단 말이유?

순금아범　올해는 행여나 했지 뭐. 올해도 또 쳐들어와서 들판을 싹
쓸어 갈지 누가 알기나 했남?

순금어멈　부황 들린 새끼들이 산과 들판을 누비며 먹을 것 찾아 헤
매어도 안 먹이고 애껴, 애껴뒀던 씨앗으로 뿌린 곡식이
었지유. 차라리 한 끼 배부르게 먹고 죽게 죽이나 끓여 줄
것을… 불쌍헌 내 새끼들. (치마끈을 끌어다 눈물을 닦는다)

순금아범　그만 두어. 지금 이제 와서 소리쳐 본들 무슨 소용이 있다
고. 허기지고 그악스런 참새떼들 몰려오기 전에 떨어진
낟알들이라두 모아야 할 게 아닌가?

순금어멈　(벌떡 일어나 앞치마를 주머니처럼 모아 쥔다) 그래유, 떨어진 낟
알이라두 주워야지유. 내년 농사구 뭐구 몽땅 끓여 멕이

구 말겠어유.

순금아범 (맥없이 두 다리를 뻗고 앉는다) 정말 더 살고 싶은 생각이 없구
먼. 농사 그만 짓고 삼별촌가 뭔가 하는 군대가 나라를 하
나 만든다는데 거기루나 가볼까?

순금어멈 워째 이러신대유? 어서 싸게싸게 일어나시유. 참새떼가
몰려 온다니께유. 누가 들으면 으쩔려고 함부로 그런 소
릴 한대유?

순금아범 (헛소리같이 뇌인다) 뙤놈 목줄 물고 늘어져, 그놈 한 놈 죽이
고 내가 죽더라도 굶어 죽느니 싸움터로 가서 죽는 게 낫
다니께.

순금어멈 (기겁을 하여 입을 막으며) 갈 때 가더라도 어서 일어나시유!

순금아범 (헛소리처럼 뇌인다) 고향두 필요 없어. 고향을 떠나자구…

순금아범, 어멈, 들판 뒤쪽으로 사라지고 아실과 정씨부인, 말없
이 두 손 모아 빌고 절을 한다. 황량한 들판 건너 마을 쪽에서 무
당의 푸닥거리 소리가 멀리 들려온다. 북소리, 꽹과리 소리에 어
울려 들판을 건너 흐느낌처럼 들려온다.

소리 비나이다. 비나이다.
신령님전 비나이다.
칠성각에 비나이다.
어리석은 사바중생 일자소원 축수하니
굽어 살펴 주옵소서.

사바세계 차사천하 해동고려 서해도 땅
김가성네 외동딸이 멀고멀은 몽고땅에
공녀되어 가 있으나 활등같이 굽은 길을
살대같이 달려와서 만단설화 나누면서
천년만년 살고지고
천년만면 살고지고

정씨부인　지아비가 개경으로 갔사옵니다. 무사하도록 도와주소서.

정씨부인, 아실, 조용히 일어나 절한다. 뒤뜰을 돌아나오던 순금어
멈, 주춤 물러선다. 아실, 정화수 상을 들고 부엌에 두고 나온다.

정씨부인　(수심에 차 들녘을 바라본다) 올해도 혼사를 못 치르고 지나려
　　　　　나 보다. 금혼령이 내렸다지만 여염집에서들은 은근 슬
　　　　　쩍 혼인들을 잘도 한다더라만… 양쪽 모두 쫓기는 몸들이
　　　　　니… 언제나 난리가 가라앉아 네 혼사를 치르려는지 모르
　　　　　겠구나.

아실　아이, 어머니두, 또 그 말씀이셔. 나라꼴이 이 지경인데 나
　　　　만 살자구 혼인하면 뭘 하겠어요? 그분께서도 그걸 원치
　　　　않으실 거예요.

순금어멈　(핑하니 콧물을 풀어제끼고 치맛자락을 잡아 올려 코를 닦으며 나온
　　　　　다. 울먹울먹 코 먹은 소리로) 몇날며칠 굿을 하면 뭘 허고, 치
　　　　　성을 드리면 뭘 허것다고… 괜시리 바닥에 붙은 식량 동

이나 나고 옆엣사람 애간장만 떨어지는디… 뙤놈한테 붙잽혀갔으니 목심 붙어 돌아온다 혀도 죽은 목심만두 못헌디, 어쨌거나 얼굴이나 보고 죽겠다고 저 야단이니, 임종 앞둔 제 에미 성화 못 견뎌 굿을 하긴 하는가 보지마는 그 집 김서방 몰골은 송장 겉드먼유. 딸 하나 있던 것 공녀로 끌려가 생사불맹이고, 그 에미는 임종을 앞두고도 딸을 못 잊어 저 야단이구… (다시 코를 푼다) 허이구, 웬수놈의 난리! 동네 일어나는 일이 전부 냄의 일이 아니어유. (치마꼬리로 눈가를 찍어낸다)

정씨부인 그러게 말이야. 나라꼴은 점점 어려워지고, 몽고놈들은 걸핏하면 쳐들어와 난리를 꾸미고…

순금어멈 매일 정화수 상 놓고 비시는 것을 보았지유. 대감님이 개경 가셨다더구먼유.

정씨부인 (탄식한다) 나라가 편안해야 집안이 편안한 법 아니겠나?

순금어멈 예, 그건 그렇습지유. 허이구. (머리를 긁적인다) 동네 소문이 하두 파다해서…

아실 동네 소문이라니?

순금어멈 (깜짝 놀라며) 아, 아무것도 아녀유. 아이구, 요 주둥이가 방정맞아서… 그만… (때리는 시늉. 이때 순금, 은금, 정금이 집 뒤안을 돌아나온다)

순금 어데! 오늘은 재수가 좋았지유. 은금이가 애기 발목만한 칡뿌리를 찾아냈다우.

순금어멈 어이구, 그려. 내 새끼들 장허구먼.

은금	이것 봐유. (칡뿌리를 들어 내 보인다)
정금	나두 칡뿌리 캤구먼, 은금 언니만 갖구 그러네. (토라진다)
순금	그려, 나두 알어. 허지만 은금이가 큰 것을 캤응께 그러는 겨.
정금	그까짓 쬐끔 더 크다구 그렇게 야단여?
아실	어디 봐. 어머나, 정말 정금이두 오늘 꽤 재수가 좋았는데? 순금아, 너희들 오늘 꿈 잘 꿨구나?
순금	그려, 은금인 돼지꿈을 꿨다는겨.
정금	흥, 나는 용꿈 꿨는디?
아실	정말, 너희들 참 장하구나.
순금	참, 오늘 김서방네 굿하는 날이구먼. 자, 어서 모두들 가보자. 아실 아가씨두 같이 가셔유.
아실	아니야, 어서 너나 가봐.
순금어멈	그려, 어서 게나 가봐.

그들 왁짜하게 떠들며 집 뒤로 사라진다.

아실	순금어멈, 아까 동네 소문 이야길 했었지? 얘길 좀 해봐요.
정씨부인	그래, 어서 속 시원히 말을 해보게나.
순금어멈	동네 떠도는 소문에는 말에유… (우물쭈물한다)
아실	어서 말을 해봐요.
순금어멈	(자기 입을 쥐어박는 시늉을 하며) 에구, 요놈의 입, 저… 이 댁

은 개경서 높은 벼슬하신 댁이구유, 장차 임금 될 분을 사위로 맞으실 거라구들 하데유.

정씨부인 (깜짝 놀라며) 에구, 순금어멈 무에 그런 소릴!

아실 세상에 어쩜! 그런 소리가 어디 있어? (깜짝 놀라 소리친다)

순금어멈 (같이 놀래어 뱅뱅이를 친다) 아이구, 워째 이러신대유? 제가 뭐, 못할 말 했는감유?

정씨부인 (주위를 황망히 살핀다) 이 사람아! 못할 말 정도가 아니야, 세상에… 잘못하면 모두 목숨이 날아갈 소리야. 장차 새 임금이라니!

순금어멈 (털썩 주저앉으며) 목숨까지 날아간다구유? 그 지독한 난리 속에도 왼 곡식 모두 몽고놈헌테 뺏기구 참새 먹다 빠뜨린 낟알, 칡뿌리로 게우 게우 이은 목심, 날아가다니 말이나 되는 감유? 그렇잖어두 시방 순금 아버지가 삼별촌가 어디루 간다구 난리를 꾸며서 간이 떨어질 뻔했는디유. 오늘은 뭔 일이데유?

정씨부인 그러게 이 사람아, 아무 말이나 함부로 옮기지 말란 말이야.

순금어멈 이 목심이 으떤 목심이라구…

응얼응얼하며 순금어멈, 집을 돌아 나간다. 이때를 기다린 듯 숭화후 온과 배중손 장군, 아실 집안으로 황급히 들어선다. 이미 저녁 으스름은 솔밭에 다가와 있다.

23

정씨부인   (불안에 휩싸인다) 웬일들이시오? 이런 시각에 갑자기…

아실   자, 어서 방으로…

숭화후 온과 배중손, 주위를 살피고 방안으로 들어간다.

정씨부인   앉게나.

숭화후 온, 배중손 정좌한다. 아실, 문밖을 살펴본다.

숭화후 온   화급한 일이옵기에…

정씨부인   (불길한 예감에 휩싸인다) 혹시 대감께 무슨 일이라두?

숭화후 온   예. (고개를 숙인다)

배중손   확실한 전갈은 받지를 못했으나 저희가 들은 바로는 개경에 계신 대감께서 칼을 품고 원나라 사신 오는 날을 기다리셨다 하옵니다.

정씨부인   칼? 칼이라니?

배중손   항거의 뜻으로 원나라 사신을 해치우시겠다는 거지요.

정씨부인   원의 사신을 해치우시다니, 혼자서 어떻게?

숭화후 온   일찍이 우리가 삼별초를 단합해 강화도에서 일어나 새로운 고려를 세우려 했을 때 두 개의 고려는 있을 수 없다고 하셨습니다.

정씨부인   그 말씀이야 언제나 하시던 말씀 아닌가?

배중손   하지만 그것은 어려운 일입니다. 고려왕조는 이미 기울어져 버렸습니다.

아실 아버님은 고려인들이 모두 죽는 한이 있더라도 나라를 지켜야 한다고 하셨사옵니다. 더구나 고려인들끼리 활을 겨눈다는 것은 있을 수 없다고 말씀하셨지요. 그래서 홀로 목숨을 걸고 항소문을 내셨사옵니다. 어사대에 고하고 또 고하셨지요. 그래서 예까지 귀양을 오셨구요.

숭화후 온 혼자 힘으론 아무 것도 안 되오. 개경의 저들은 목숨을 부지하기 급급하여 이미 죽은 목숨들이외다. 삼별초는 원종이 김지저를 통해 강화에 남은 삼별초의 명단을 몽고에게 주었다 하여 죽기를 각오하고 모두 일어선 군사들뿐이오. 지금 강화도는 열화와 같은 군사들의 함성으로 뜨겁게 타오르고 있소. 새로운 나라를 세울 것이오. 기필코 세우고야 말 것이오.

배중손 개경으로 가신 대감이 일을 일으키시면 이 댁도 이젠 끝장입니다. 그래서 저희들이 강화도로 모시러 온 것입니다. 큰일 당하시기 전에 피하시는 것이 현명한 일입니다. 저희들하고 같이 가시지요.

숭화후 온 그러십시다. 같이 가서 고려인들의 끈기와 슬기로움을 저들에게 보여 줍시다. 나는 각오하였소. 한 방울의 피가 마른다 하여도 저들과 대항하겠소. 나는 고려의 사내요. 죽을 때가 온다면 고려의 사내답게 죽겠소. 하지만 지금은 몽고놈들을 처부수는 일만이 고려 사내들의 할 일이오. 어서 같이 가서 나를 도와주시오.

정씨부인 아니오. 갈 수 없소. 지아비 생사도 모르면서 어찌 나만 살
자고 그곳으로 가겠소? 나는 예 있겠소. 굳이 생각이 그렇
다면 이 아실이나 데려가 주오.

아실 아니어요, 어머니. 저도 예 남겠어요.

숭화후 온 내 생각이 적중할 것이요. 강화도로 가시는 게 좋을 것
이요.

정씨부인 강보에 싸인 채 혼약한 너희들이다. 시국이 이 모양이라
예를 아직 못 올렸다만, 그냥… 따라 가거라.

아실 아니오, 어머니. 저 혼자 살자고 갈 수 없어요. 더구나 아
버님의 생사도 모르면서 어찌 이곳을 떠나겠어요? 이곳에
있어야 아버님이 돌아오시면 맞지요.

숭화후 온 마을 소문이 심상치 않아요. 어서들 떠나시지요.

배중손 한 시각이 급합니다.

숭화후 온 결심이 그러하다니 할 수 없소. 요행을 바랄 수밖에 없소
이다. 그럼, 우린 이만 가겠소.

아실 자, 어서.

정씨부인 잘들 가게나.

승화후 온, 배중손 퇴장.

– 암전

제 3 경

개경의 거리. 무대 오른쪽에 권문직의 시신이 매달린 통나무 기둥 하나만 우뚝 서 있다.

둥둥둥… 간간이 낮은 북소리가 죽음을 알린다. 백성들, 통나무 기둥 아래에 엎드려 사배한다. 그러나 군졸들 쫓아낸다.

군졸   저리들 가라! 이곳에서 절을 하지 마라!

백성 1   큰 분이 돌아가셨어.

백성 2   뉘 아니라나? 정말 슬픈 일일세.

백성 1   우린 누구를 믿고 살아야 하나?

백성 3   오늘도 항구에는 공물을 가득 실은 배가 떠날 차비를 하고 있다네.

백성 1   이제 상소문 내줄 분조차 돌아가셨으니…

백성 2   고향 떠나는 사람들이 더욱 많아지겠는 걸?

백성 1   강화도에 새나라가 섰다며? 백성들이 고향을 떠나 구름같이 몰려 그곳으로 간다는 소문을 나도 들었네.

백성 3   왕손 승화후 온이 왕이 된다는 소문이네.

백성 2   그래 강화도에 있던 삼별초를 배중손 장군이 이끌고 가담했다네.

백성 3   본거지를 강화에서 진도로 옮겼다지, 아마?

백성 2 아니, 그런데, 자넨 어찌 그리 소상히 알고 있는가?

백성 3 (당황한다) 내가? 허참.

백성 1 (손짓한다) 보게! 저기 공녀로 바쳐진 처자들이 오고 있네.

죽음을 알리는 북소리는 아직도 간간이 울리고 있다. 공녀들의 무리들이 서서히 흘러 나온다. 꾸불꾸불 줄을 이어 나오는 무리들. 보퉁이를 옆구리에 낀 사람, 훌쩍훌쩍 우는 사람, 무엇인가를 계속 중얼거리는 사람, 뒤돌아보고 뒤돌아보며, 무거운 발걸음을 떼어놓는 사람, 슬픈 강물처럼 공녀들은 묵묵히 무거운 발걸음을 떼어 놓는다. 소리도 없고 반항도 없는 무리들이 굽이굽이 돌아 모두 지나간다. 잠시 무대는 고요가 휩쓸고 지나간다. 갑자기 벼락 치듯 적막을 가르는 채찍 소리. 떠밀리듯 아실, 비틀거리며 나와 무대 가운데 엎어진다. 공녀 아실, 그녀도 보퉁이를 하나 옆구리에 끼고 있다. 공포를 가득 실은 눈. 분노와 무서움에 온몸을 사시나무 떨듯이 떤다.

아실 아버님! 저는 어디로 가는 걸까요? 난, 난 어디로 가는 걸까요?

다시 채찍 소리 요란하게 나며 순금이 비틀거리며 나온다.

순금 아가씨! 군사들이 오고 있어유. 어서 어서 일어나세유. (아실을 부축하여 일으킨다)

욕설 퍼붓는 소리. 세차게 채찍 휘두르는 소리.

군졸   게 서라. 혼도 장군의 명령이시다. 이곳에 네가 볼 것이 있
         느니라. 자, 저것을 봐라. (통나무에 매달린 권문직의 시신을 가리
         킨다. 북소리 둥둥둥 울린다)

아실   (기절할 듯 놀래어 주저앉는다) 아, 아버님! 아버님! (시신에게로
         달려가려 하나 제지를 당하고 고꾸라진다)

순금   아가씨! (달려가 부축한다)

군졸   똑똑히 보아라! 네 아비니라.

아실   이럴 수가! 이럴 수가! 세상에 이럴 수가 있단 말이오? 우
         리 아버님 죄는 나라를 사랑한 것밖에 없소! 나라 사랑도
         죄가 된단 말이오?

군졸   자, 됐다. 그 시체를 개경 한 바퀴 돌리고 없애라는 분부시다.

군졸들 들어와 시체를 내리고 거적에 싣는다. 인인, 슬그머니 들
어와 처용가면을 쓰고 어릿광대짓을 하며 군졸에게로 다가간다.

인인   (굽신 절을 한다) 나는 궁중에 있는 광대지라우. 시신이 개경
         도는 일은 내가 앞장 스겠오.

아실   아버님! 아버님! (발버둥치며 시신 쪽으로 달려가려 한다)

군졸   자, 너는 이제 가야 한다.

아실   안 되오! 아니 되오! 아버님 얼굴 한번만 뵙게 해주오.

백성 3 마지막 길이니 가엾이 보아주시우.

백성 2	당신도 고려 백성이지 않소?
백성 3	자, 어서요! 아가씨.
군졸	가까이 오지 마라! 특별히 얼굴 한번 보는 것은 허락하겠다.
인인	고맙구먼유.

군졸들, 거적을 땅에 내려놓는다.

아실	아버님! 이게 웬일이세요? 아버님! (몸을 내던지듯 시신 위로 쓰러진다)
인인	아버님 걱정은 마시지라우. 제가 잘 모시겠으라우.
아실	아버님, 잘 알겠사옵니다. 제게 늘 이르시던 말씀, 이제야 알겠사옵니다. 고려를 자랑으로 알아야 한다는 말씀, 그 뜻을 이제 알았습니다.
군졸	시간이 없다! 이제 어서 일어나라. (채찍으로 땅을 친다)
순금	아가씨! 어서 일어나세유.
아실	알았다. 가자.

아실, 일어나 사배한다. 몇 발짝 가다. 아버님! 한번 부르고 무대 밖으로 나간다. 인인, 앞장서서 군졸과 함께 거적에 싸인 시신을 끌고 무대를 천천히 돈다. 백성들, 그 뒤를 묵묵히 따른다. 서서히 조명 어두워진다.

– 암전

제 4 경

개경 궁중. 광솔불이 활활 타오르고 있다. 보퉁이를 베개 삼아 한 무리의 공녀들, 이리저리 누워 있다. 아실만이 혼자 오두마니 앉아 있다. 군졸 하나, 나무 함지에 주먹밥을 가득 담아들고 들어와 공녀들 무리 가운데에 놓는다. 공녀들, 허겁지겁 달려들어 하나씩 집어든다.

순금 (밥 한 덩이를 손에 들고 와서 아실에게 건네며) 다 없어져유. 어서 하나 드셔유. 악귀 들린 것 모양 정신들 없구만유.

아실 그래. 고마워, 저리 가 있거라.

순금 며칠 동안 변변히 드신 게 없잖아유?

공녀 1 우린 어떻게 되는 거야?

공녀 2 정말 무서워서 못살겠어.

공녀 3 모두들 어디론가 끌려가 버리고 우리들만 남았지 않아?

공녀 1 먼저 떠난 그애들 모두 수레를 타고 몽고 땅으로 떠났다고 하더라.

공녀 2 그럼, 우리도 몽고 땅으로 간단 말이야? 아이 무서워.

공녀 3 무서워! 싫어! 저놈들 발소리만 들어도 소름이 돋아나. (보따리에 얼굴을 파묻는다)

순금 아가씨, 우린 정말로 몽고로 갈 건가유? 거길 가면 뭘 허게 되는 거여유?

아실   안들 뭐하겠니?

순금   아이, 추워. 지금쯤 시골 아배, 어매 모두 아랫목 이불속에 모여 있겠지? 은금이두, 정금이두… (훌쩍훌쩍 운다) 아가씨, 아배, 어매, 은금이, 정금이 모두 보고 싶어유.

아실   그래, 그래. (순금이의 얼굴을 쓰다듬는다) 고향에서도 지금쯤 우리들을 생각하고 계실거야.

순금   아가씨! (소리 내어 엉엉 운다)

공녀 3   얘! 마음이 심란한데 네가 그러니 나도 울고 싶어진다.

공녀 1   그러게 말이야. (훌쩍인다)

공녀 2   (겁먹은 목소리로) 조용히들 해! 못된 놈이 트집을 잡으러 올지도 몰라. (그러나 그들은 소리내어 운다)

군졸   아, 요놈의 망아지들아! 그만들 좀 해라!

그들 모두 움찔 놀란다.

아실   그만들 해! 지금 운들 무슨 소용이 있겠니?

순금   아가씨, 아가씨는 무섭지 않으세유?

아실   왜 안 무섭겠니? 하지만 우리들의 운명은 지금 어찌할 수 없어.

공녀 3   아가씨라니? 신분이 높은 집 규수였든가 보지?

순금   그려. (우쭐거린다) 지체가 높으신 댁 따님이셔.

공녀 1   지체가 높았음? (비웃는다) 그 팔짜나, 내 팔짜나.

공녀 2 그래, 그 알량하신 귀족님들 때문에 우리가 이 모양 이 신세가 아니야?

공녀 3 저희들 배만 뚜드려 먹구. 백성들이야 죽든지 말든지지, 뭐.

공녀 2 아직두 개경에 있는 귀족님네들은 잘 먹구 잘 산다더라.

공녀 3 너두 아주 잘 먹구 잘 살았었겠구나?

공녀 1 그런데 왜 이 신세가 되었지?

아실, 말없이 먼 하늘만 바라다본다.

순금 왜들 이러는겨? 우리 아가씨더러 그러면 느들 벌 받는 줄 알어! 우리 아가씨는 아주 훌륭한 댁 따님이시란 말여!

공녀 1 얘! 이 멍청아! 이젠 우린 다 같이 공녀야! 알겠니?

순금 (울듯이 소리친다) 아가씨 아버님은 왕과 몽고장수 앞에서 몽고하구는 싸워 이겨야 하구, 공물하구 공녀를 보내면 안 된다시면서 혀를 물고 돌아가신 분이란 말여, 이 바보들아!

공녀들, 서로 수군수군 한다. 이때, 몽고 군졸, 말채찍을 휘두르며 들어온다.

몽고군졸 이 망아지 새끼들아! 어서들 나오너라. 이 몽고 옷으로 갈아입으란 분부시다. 자, 받아라! 아리따운 몽고 여인의 옷!

공녀들, 잘 길든 동물처럼 순순히 나가 옷을 받아 든다. 그리고 갈아입는다. 순금, 움찔움찔 움직여 나가려 하나, 아실, 그린 듯 가만히 앉아 있다.

순금   (애가 달아 잡아끌며) 아가씨!

아실   (낮은 목소리로) 가만 있거라.

몽고군졸   너희들은 왜 가만히 있느냐?

순금   그것 봐요. 아가씨! (안절부절 한다)

아실   나는 고려 여인이다. 고려 여인이 어찌 몽고 여인의 옷을 입는단 말이냐?

몽고군졸   뭐라구? 몽고 사막의 흑표범, 서릿발 같은 북풍도 떨고 지난다는 혼도 장군의 명령이시다.

아실   혼도라구?

몽고군졸   혼도가 아니라 혼도 장군이시다.

아실   (코웃음 친다) 장군? 그놈은 내 원수니라.

순금   아이구, 아씨!

몽고군졸   그래, 그래. 원수로 삼든 정부로 삼든 네 부르고 싶은 대로 불러. 그러나 이 옷은 입으란 말이다! (그러나 아실, 꼼짝도 않는다) 아니, 이년이? 왜 이러고 있어?

채찍으로 바닥을 친다. 순금, 슬금슬금 눈치를 보며 나가 옷을 받아들고 가 입는다. 그러나 아실, 미동도 않는다.

몽고군졸 망아지만도 못한 신세인 줄 모르느냐!

몽고군졸, 아실을 끌어내어 채찍으로 친다. 아실, 앞으로 푹 고꾸라진다.

순금 아가씨! (달려 나와 아실을 가린다. 다시 내려치는 채찍, 순금의 어깨를 친다) 아! 아! (비명 지른다)

이때, 이장용, 김방경, 모화루 앞을 지나다 비명 소리에 멈추어 선다.

몽고군졸 너는 어서 비키지 못할까? (순금을 밀어내고 다시 한 번 채찍을 두 번 친다. 아실, 꼼짝 않는다) 독한 년! 내가 다시 올 때까지 모두들 옷을 입고 기다려라!

몽고군졸, 나간다. 순금, 아실을 부축하여 일으켜 세운다.

순금 아가씨, 어서 입으셔유. 이제 또 다시 그러시다가는 돌아가실 거여유.

아실 나는 상복을 입어야 하느니라. 아버님이 돌아가신 이때, 어찌 몽고 여인의 옷을 입겠느냐! 아버님! 아버님! 소녀를 보살펴 주소서!

순금 아가씨! (옷자락으로 눈가를 훔친다. 공녀들, 아실을 둘러싸고 달

랜다)

이장용 (깊은 한숨을 쉬며 혀를 찬다) 척박한 땅에 태어난 것이 한이
요. 저 아이가 권문직의 딸 아닙니까?

김방경 어린 공녀들이 끌려올 때마다 머리끝에서 피가 끓어오르
지만 대사를 그르칠까 두렵습니다. 허나 저 아이의 광경
은 간장을 끊어내는 것 같습니다.

이장용 그 심경은 나도 매한가지. 왕폐하께서도 그 점 제일 가슴
아파하시지요. 생각이 깊으신 분이라 참고 또 참으며 용
하게 견디고 계시기는 하지만…

김방경 이제 고려의 강과 천(川)까지 진노하는 것 같습니다. 온 백
성은 물론, 온 산천, 온 나라가 통곡하는 것 같습니다.

이장용 그렇소. 난리에다 가뭄, 흉년이 겹치니 그런 생각도 할 법
하오.

김방경 김준, 임유무 저들 말대로 강화도에서 계속 버티는 것이
나았을지도…

이장용 그 무슨 장군답지 않은 허약한 말씀이오? 고려국토는 강
화도만이 아니질 않소? 우리가 고려의 전 국토를 포기해
서야… 다만 무어든 시기가 있는 법이니 참고 밀고 나갑
시다.

김방경 그러나 저 아이의 울부짖음을 들어 보십시오! 그 아이 아
비의 죽음을 생각해 보십시오! 저는 멀쩡하게 이렇게 버
티고 서 있는 것조차 죄인같이 느껴집니다.

이장용 (허연 수염을 쓸어내린다) 고려는 살아나오! 꼭 살아나고야 말

것이요! 고려인 모두의 죽음을 절대로 헛되이 해서는 안 되리다. 자, 어전회의에 늦겠습니다. 어서 가시지요. (천천히 걷는다)

김방경 혼도 장군의 말에 의하면 쿠빌라이께서 조만간 여몽연합 군을 만들라고 할 것이라 했습니다. 여몽연합군이란 무엇 입니까? 고려인이 고려인을 쳐야 하는 겁니다. 골육상쟁. 더구나 남의 나라 군대와 힘을 합쳐서 말입니다. 저는 고 려의 장수입니다. 고려의 장수가 고려의 백성을 쳐야 된 다는 겁니다. (울분을 못 참아 부들부들 떤다) 더구나 이 궁중 안에서 공녀를 몽고 사신에게 바쳐야 합니다. 이게 사람 이 할 짓입니까?

이장용 어찌 하겠소! 대를 위해 소를 버림은 인간지상사요. 눈을 질끈 감으시오. 참으시오. 자, 어서 갑시다. 이젠 정말 더 이상 지체할 수 없소이다.

이장용, 황망히 나간다. 김방경도 따라 나간다. 멀리서 깊은 시각 을 알리는 징소리만이 징징징 울린다.

– 암전.

제 5 경

원종 11년. 아실네 집. 아실의 집은 우묵장성으로 풀이 자라 있다.
정씨부인, 집안 툇마루에 제웅(짚인형)을 끼고 앉아 자장가를 부
르고 뒤편 들판에는 순금아범, 순금어멈이 일을 하고 있다.

정씨부인 (수수한 양반집 아녀자 차림이나 옷매무새가 약간 흩어져 있다)
대자대비 부처님
우리아기 살펴주오.
천수가진 부처님
우리아기 재워주오.
복숭아 같은 예쁜 뺨
앵두같이 붉은 입술
흑단같은 긴 머리채
지성정성 길러내어
선녀로 만들겟소.
옥골선풍 귀공자 만나
천년가약 맺고지고.
대자대비 부처님
우리아기 보살펴주오.
천수가진 부처님

우리아기 재워주오.

순금어멈 (정씨부인에게 다가간다) 마님, 아침 드셨는감유?

정씨부인 으응, 자넨가?

순금어멈 에유! 망헐놈의 세상! (치마꼬리에 코를 푼다)

정씨부인 (갑자기 놀래어) 여보게, 자네 우리 아실이 못 보았는가?

순금어멈 (외면하며) 예, 저길 좀 갔다 온다구. 방금 나갔구먼유.

정씨부인 어찌된 일이야? 방금까지 예 있었는데? (두리번거리다가 짚인 형을 집어든다) 예 있구나. 아실아! 너 어딜 갔다 왔느냐? (제웅을 토닥거리며, 다시 자장가를 부르며 나간다)

순금아범 (딱하다는 듯) 그런데 저 제웅은 뉘 집에서 가져오셨을까?

순금어멈 제웅이야, 지천으로 있지유, 뭐.

순금아범 그려, 그놈의 경차관이 내려온다 소문이 나면 딸 가진 부모들을 뒤주 속 닥닥 긁어 푸닥거리를 하지. 차라리 딸이 곰배팔이나, 절름발이가 되어도 좋으니 뙤놈들에게 붙잡혀 가는 것만 면하게 해달라는 거지. 제웅을 만들어 팔을 비틀고 다리를 부러뜨리고 별짓을 다해도 끌려가 버리고 마는데두 말이야.

순금어멈 열 살도 안 된 것 결혼시키구, 죽었다구 헛소문 내구, 광속 땅 밑에 숨기구 했지만 소용들 없었지유.

순금아범 어서 어서, 뙤놈들이 물러가야 한단 말여. (두 팔을 휘두른다) 휘어이! 휘어이! 물러가라, 참새떼야! 휘어이! 휘어이! 물러가라, 뙤놈들아!

순금어멈 그래유. 그놈들이 물러가야지유!

39

휘어이! 휘어이! 물러가라, 참새떼야!

휘어이! 휘어이! 물러가라, 뙤놈들아!

이때 무대 오른쪽에서 인인이 나온다. 반춤이 섞인 흔들걸음.

인인   물렀거라! 물렀거라! 인인 장수 나가신다. 오늘은 이 들녘, 내일은 저 들녘, 동에 번쩍 서에 번쩍. 인인 장수 가는 곳에 목숨도 추풍낙엽, 쉬이―. (재주를 두어 번 넘는다)

순금아범   머리에는 뙤놈 모자. 옷은 고려 군사. 신발은 짚신, 괴나리봇짐에다 쪽박이라?

순금어멈   글쎄! 원숭이 겉기두 하구, 사람 겉기두 하구…

순금아범   흉년 기근에 실성한 아이인가?

순금어멈   허기져서 말할 기운두 없는데 꽤 웃기는군.

순금아범   가만있어 봐. 요새는 밀가루 한 쪽박 얻으려고 동네방네 다니면서 밀대질하는 놈들이 있다더니… 저 몽고 모자! (인인에게 덤벼든다) 이놈! 바른대로 대여! 몽고놈들 따라 다니며 얻어먹고 사는 놈이지? 옳지, 잘 만났다. 바른대로 대란 말여!

인인   어이구! 왜들 그런당가?

순금어멈   이 흉년 기근에 미친놈이나 뙤놈 첩자가 아니면 춤출 인사가 또 어디 있을까? 바른대로 대여! 어서!

순금아범   무슨 일 땜에 이곳에 왔는가! 이실직고 하란 말여!

인인   개경에서 있었든 일 때문에 왔지라우.

순금아범　개경이라니?

인인　(당황하여 뚱딴지 같은 소릴 늘어놓는다) 그런 일이 있당께. 개경 아낙네들은 어느 집 처마 밑에 까마귀가 울었는가, 그걸로 점을 친다는 거여. 그렇게 간교롭고 입담 좋은 무당들만 떼돈 번단 말시. 쳇! 나도 진작 신대 붙들구 춤이나 출 것을…

순금어멈　아, 그게 다 무신 소리여? 웬 낮도깨비 호박씨 까먹는 소리냐 말여?

인인　(머리를 긁적이며) 아, 긍께… 글씨… 그렇게 뭐시냐…

순금아범　보아하니, 팔도강산을 싸돌아다닌 모양인데…(주위를 살피며 은근하게 떠본다) 삼별초라는 군대가 일어섰다는데 혹시 아는가?

인인　안다면 뭘 허것소? 군사가 되려구 그런당가? 나라를 맡은 놈들이 집안 싸움이나 허는 터에 무슨 정신이 있다구 공연히 몽고놈들 칼받이 노릇을 한당가? 청승맞게. 혀를 물고 나라 위해 돌아간 양반이 있어두 나라는 그저 그 모양, 그분 시신 양지쪽에 묻고 나만 거리 귀신이 되고 말았지라우. 그런데 권문직 대감댁은 어디요?

순금어멈　(팔을 걷어붙이고 덤벼든다) 어쩐지 수상쩍다 했구면. 이 난리 통속에 콧노래를 흥얼거리고 다니드라니… 이놈아! 바른 대로 대라! 게다가 권대감님 댁은 왜 찾는겨?

인인　아니, 왜들 이런다요? 세상이 수상하니 보는 사람마다 몽고놈들 앞잡인 줄 아는가비여? 워째, 말끝마다 놈짜를 붙

이고 야단이당가? 참, 요상스럽구만이라우! (손바닥을 탁탁 턴다)

순금어멈 이런 나쁜 놈을 봤나?

인인 나쁜 놈인지 좋은 놈인지는 들어보고 정하시라우.

순금어멈 그래. 네 놈은 뭣 하는 놈이냐?

인인 (시침 뗀다) 나말이라우?

순금아범 그래, 이곳에 지금 네놈밖에 더 있는가?

순금어멈 보나마나 저놈 뙤놈 앞잡이요.

인인 거 놈자좀 빼고 불러주시랑께. 노총각 장가 못 가겄소. 나로 말헐 것 겉으면 나는 뙤놈 뒷잡이요.

순금어멈 (아연하게) 뒷잡이?

인인 그렇당께로. 앞잡이가 아니라 뒷잡이라 이런 말시.

순금아범 (다시 멱살을 잡으며) 아니, 이놈이 누굴 놀리나?

인인 나는 뙤놈들이 쓸고 간 전장터를 따라 다니며, 군량미 찌꺼기, 옷가지 나부랭이를 주워다 먹기도 허고 팔기도 허지라우. 그렇께로 뭣이냐, 뙤놈 뒷잡이랑께.

순금아범 허어! 그놈 말 한번 기차네.

순금어멈 네놈 말을 워떻게 믿느냐?

인인 어이구, 답답한거. (제 가슴을 치며 혼자소리같이 중얼거린다) 굶어서들 그런다냐? 가는 데마다 시비들을 부치고 야단들이랑께!

순금어멈 뭐라구?

순금아범 그만들 둬! 그 말이 맞는 것 같소. 보아하니 별로 위험한

짓은 못할 인사겉구먼.

순금어멈 그려유. 어째 말이 헤프고 실성실성해 보이는구먼유.

인인 다 알지라우. 암. (한숨) 뙤놈들헌테 일년 지은 농사, 모두 빼앗기고 나니 어떤 놈에게라두 화풀이나 실컨 해보고 싶지라우? 그려, 내가 그 심정 왜 모르겄오? 허나 어서 집으로 가보시랑께? 경차관이 내려왔단 말시. 예쁜 딸 가진 집을 집집이 뒤지고 있더란 말씀여라우.

순금아범 뭐라구?

순금어멈 누가 왔다는 거여유? (순금아범, 대꾸도 없이 허둥지둥 나간다. 순금어멈, 따라 나간다) 은금아! 정금아! 오살을 헐! 이 시국에 해필 딸년들만 줄줄이 낳아갖구… 순금이처럼 보낼 순 없는겨. 안 되여! 안 되여!

인인 (혼잣소리로) 그 은금인가 뜬금인가는 무사헐런지도 모르것소. 요새는 처녀라도 양반집 처녀들만 골라간다 하드니만이라우. 오래 살다 보믄 상민 천민 되어 덕 보는 일도 생긴단 말시. 그나저나 아실 아가씨 집이 이쯤 어디라던데? (아실네 집을 발견한다) 옳지. 이 집인 모양이구먼. (집 안팎을 둘러본다) 쯔쯔. 잡초는 우묵장성, 금방 폭삭 내려앉겠구먼.

정씨부인, 자장가를 부르며 등장한다. 손에는 여전히 제웅이 들려 있다. 마루로 가 힘없이 털썩 주저앉아 제웅을 가슴에 꼭 껴안는다.

정씨부인 대자대비 부처님

우리아기 살펴주오.

천수가진 부처님

우리아기 재워주오.

인인　(땅에 엎드려 절한다) 마님. (목이 메인다. 지금까지의 얼렁뚱땅하던 모습은 간 곳이 없고 진지하다)

정씨부인　자넨 누군가? 우리집 아실이 못 보았는가? 금방까지 있었는데. 글쎄… 얘가 어딜 갔을까?

정씨부인, 일어서서 또 나가려 한다. 인인, 정씨부인을 붙든다.

인인　승화후 온께서 보내셨지라우. 그리구 대감님의 시신도 제가 잘 모셨구면유. 세상에 그런 분은 다시 나지 못할 것이구면유. 훌륭하신 분이었지유. 돌아가실 때까지 시퍼런 대쪽 같으셨다니께유.

정씨부인　(멍청히 서서 자장가만 중얼거린다)

인인　쯔쯧. 어쩌다 이리 되셨을까? 하지만 이미 떠나버린 아가씨 생각만 하시믄 몸만 해로우시라우. 몽고로는 아직 가지 않았다는 소문두 있더구면유. 마님 모셔다 드리고는 제가 또 가보겠으라우.

정씨부인　이 애는 저녁이 되어도 어딜 가서 안 올까?

인인　어서 짐을 싸시지라우. 승화후 온께서 새 나라를 세우셨다니께유. 그리루 모셔오라는 분부시라지우. 짐도 필요 없겠구만이라우. 그냥 가시지라우. (잡아끈다)

정씨부인 놔라! 난 이곳을 떠나면 안 돼. 대감이 돌아오신다구 했어. 아실이 돌아온다구 했어. 나는 이곳에 있어야 한단다. 봐라, 또 아기가 자장가를 불러달라구 보채구 있질 않니? 알았다, 아가야. 자장가를 불러주마. 대자대비 부처님… (갑자기 노래를 뚝 그친다. 허공에 대고 절규한다) 아실아! 아, 아실아!

정씨부인, 비틀거리며 무대 밖으로 나간다.

인인 마님! (침통하게) 이럴 수는 없당께! 이럴 수는 없당께! (혼자 소리로) 그분에게 뭐라고 전해야 한당가? 혼약을 맺었던 아가씨는 공녀로 끌려가고 마님은 저렇게 실성해버리셨다구. 차마, 어찌 전할 수가 있당가? 못혀! 못혀! 나는 못헌다고! (무릎을 꿇는다)

– 암전.

제 6 경

고려 원종 11년, 겨울. 회령 근처 몽고병 진중, 혼도의 천막. 광솔 불이 활활 타오르고 있다. 북쪽 벌판의 강풍이 천막을 찢어갈듯 휘몰아치고 있다. 천막 안에는 무대 앞쪽에 원탁이 놓여 있고, 문 옆에는 하얀 새 한 마리가 갇혀 있는 새 초롱이 하나 매달려 있다. 무대 뒤쪽에는 짐승털이 덮인 침상이 놓여 있다. 임유무, 김 방경, 원탁에 앉아 혼도를 기다리고 있다.

임유무 일본을 칠 것이니 배를 삼천 척이나 만들라구요? 전 고려 국토가 초토가 된 지도 옛일이오. 칡뿌리조차 동이 났다 하오. 보다 못해 도병마사가 군량미 중에서 한 집 앞에 쌀 한 되씩 풀었으나 아사자는 끊이지 않고 있다 하오이다.

김방경 최씨 정권 때부터 곪기 시작한 나라를 지키지 못한 인과 응보요. 왜 진작 국운을 다스리지 못했나 천추의 한이 되 오이다.

임유무 국신사 흑적과 은홍이 도착하면 고려는 향도 구실을 해야 한다고 했소이다.

김방경 국신사는 내가 어찌 해보겠소이다. 삼견원 바다에서 겁먹 고 도망간 아해 장군처럼 7, 8월 서남해의 폭풍우를 또 보 여주겠소. 그들은 폭풍우를 보면 구경만 해도 포기할 것이오. 저들은 내륙인들이라 산과 사막 들판에서는 용감무쌍하나 물만 보면 겁을 내오. 그것을 이용할 수밖에 없소.

임유무   삼별초에서 새로운 왕을 추대하였다는 소문을 혼도 장군이 알고 있을지도 모르오. 백성들이 구름떼같이 몰려든다는데 그것을 물으면 어찌 대답하겠소?

김방경   하긴, 난처한 일이외다. 어제 들은 소식이오만 남해, 거제, 합포, 동래, 금주가 그들 손에 떨어졌다 하오.

임유무   그나 그뿐이오? 밀성에서 방보란 자가 민란을 일으켰다지요?

김방경   그러나 오늘 제일 큰일은 상감의 진정표를 통과시키는 일이요.

밖에서 떠들썩한 소리와 함께 혼도, 들어온다. 군졸 1명이 오랏줄에 묶인 아실을 데리고 들어와 무릎을 꿇린다.

혼도   오래들 기다리셨소. (김방경, 임유무, 일어서서 인사 나눈다) 자, 아가씨 하나를 소개하겠소. 특별한 여인이오. 공녀로 끌려왔으나 한사코 몽고 여인의 옷을 거부한 사람이오. 아마 대감께서들은 권문직의 딸이라야 더욱 잘 아시겠지요? (김방경, 임유무, 불에 덴 듯 놀란다. 그리고 둘 다 외면한다) 과연, 고려 여인답게 형형한 눈빛을 가졌소이다. (아실의 턱을 치켜든다. 아실, 불을 붙이듯 뚫어져라 혼도를 마주 바라본다) 어떻소? 종이라도 갖다 대면 불이라도 붙을 것 같지 않소? (군졸에게)

이런, 아가씨를 이렇게 오랏줄로 묶어 놓다니, 이건 예의가 아니로구나. 어서 풀어줘라.

군졸 하지만, 이 여잔 몹시 사납습니다.

혼도 걱정 말구 풀어 주래두! 그리고 너는 나가 있거라. 나는 김 장군과 할 말이 있느니라.

군졸, 나간다.

임유무 장군, 그러면 저도 이만 물러가겠습니다.

혼도 좋도록 하시오.

임유무, 나간다. 혼도, 술병을 찾아 김방경의 잔에 붓는다. 그리고 자신의 잔에도 부어 마신다.

혼도 그 지독한 놈. 그놈의 눈빛도 저랬소이다. 눈빛이 퍼렇게 일렁일렁 타올라 종이를 대면 불을 붙일듯했소이다. 그 딸이라면 몽고옷을 못 입겠다고 할 만하지… 더구나 저 저주의 눈빛은 애비를 꼭 닮았다니까! (너털웃음을 웃는다)

아실 하늘이 벌하리라! 짐승만도 못한 놈!

혼도 (아실의 어깨를 우악스럽게 누른다) 참으로 사나운 계집이로구나! 오기 있고 반항하는 여자가 매력은 있으나 여긴 전쟁터야. 칼이 한번만 날면 너 같은 것은 풀잎만도 못하다.

아실 차라리 죽여라! (몸을 비틀어 빠져나오려 한다)

혼도 고려인답게 죽겠단 말이지! 네 아비처럼 혀라도 물겠느냐? 너는 고려인이라고 제법 우쭐대지만 앞으로 네 눈앞에 벌어지는 일들을 보면 달라지겠지. (아실을 침상 쪽으로 떠밀어 앉힌다)

김방경 (머뭇머뭇 용건을 꺼낸다) 우리나라 왕께서 둔전병에 대한 물자공급 고충을 말씀드리고자 합니다. (품속에서 두루마리 서신을 꺼낸다)

혼도 무엇인가?

김방경 진정표이옵니다. (혼도에게 건넨다)

혼도 (눈으로 잠깐 읽다가 소리 내어 읽는다) 소방의 식량은 본래 저축된 것이 적은데 연전에 나온 상국의 군마가 지금까지 유둔하고 있소. 추토사 김방경의 보고에 의하면 계내의 백성들은 모두 초근목피를 먹는다 하니 비록 징발한다 하더라도 징발할 것마저 없는 형편이오. 지금 헤아리건대 정군 (몽고군) 6천 명이 가지고 있는 말수를 한 사람 3필로 계산한다면 무릇 1만 8천 필인데, 하루 5되를 지급한다면 10일부터 내년 3월까지 소요될 양곡이 무릇 27만 석이오. 거기에다 4천의 농우도 한 마리가 하루 5되씩을 먹는다 하면 7만 2천 석이나 됩니다. 그러니 소방 백성의 기근도 구휼할 겨를이 없고 앞으로는 정군의 식량도 반드시 모자랄 것이요… 게다가 계속되는 가뭄으로 흉년 기근이 들어… 흥, 잔소리 꽤나 늘어놨군. (서신을 탁자 위에 소리나게 놓는다) 그래서 어쨌다는 거요?

김방경   둔전경략사를 회경으로부터 개경 근처 염주로 옮기게 해
주십사는 부탁이옵니다. 길거리에서 허비해야 하는 군량,
군마, 시간이라도 절약해 보자는 얘기지요.

혼도   흠, 생각해보겠소. (아실에게로 다가가 빈정댄다) 그래, 네 생각
은 어떠냐? 아마 너라면 쌀 한 톨 줄 수 없으니 당장 떠나
라고 할 테지?

아실   그걸 말이라고 하느냐? 이곳은 엄연히 고려라고 하는 아
름다운 이름을 가진 내 조국이다. 너희들은 침략자. 하늘
의 천벌이 내리기 전에 떠나는 것이 좋으리라.

혼도   흥! 제법 큰소리로구나! 방자한 계집. (흰새가 갇힌 새초롱을
가리킨다) 너는 아직도 모르느냐? 고려는 마치 저 새의 신
세와 같느니라. 나는 너희 고려인들이 좋아하는 흰색을
가진 놈을 골라 놓고는 매일 생각했다. 고려인들은 왜 저
들의 처지를 아직도 깨닫지 못하고 계속 항거를 하는가
하고 말이다. (혼도, 새초롱을 열어 새를 꺼내어 목을 비틀어 땅바
닥에 던져버린다) 고려인은 물론, 핏물이 고이도록 나를 노
려보는 네 신세도 바로 저리 되는 걸 왜 모르는가 말이다!
(김방경에게) 새는 죽었소. 소감은 어떠시오?

김방경   (매우 못마땅해 헛기침을 한다) 옛, 흠흠. (침착하게) 그러나 농부
가 새를 생각함을 다르오이다. 농부가 새를 보고 괴로워
함은 이 새들이 모여들어 곡식을 다 쪼아먹는 탓이지요.
우리나라는 농본지대국. 장군이 지금 이 새를 잡아 죽인
것은 백성을 또한 애달피 여김이라 풀이하겠소이다.

혼도   (호탕히 웃는다. 그러나 화가 치밀어 올라 있다) 장군의 해석이 참 그럴듯하구려. (아실에게) 너도 잘 들었느냐? 김 장군은 참 기발한 풀이를 하였소이다. 내가 졌소이다. 내가 고려인을 보니 다 글을 알고 불(佛)을 믿음이 한(漢)아와 같. 그러나 몽고인은 살육을 업으로 하니 하늘이 반드시 싫어해 버리리라 하지. 그러나 하늘이 우리에게 준 것은 살육하는 방법뿐. 우리가 이것을 준수할 따름이니 하늘도 죄로 여기지 아니할 것이외다. 바로 그 점 때문에 고려가 몽고인에게 지배를 당해야만 하는 것이요.

김방경은 감정을 억누르며 외면한다.

아실   (한 발짝 앞으로 나서며) 무지몽매한 놈들, 하늘이 버리리라! 북녘 땅에서 얼어 죽은 공녀 혼령들이 버리리라! 고려는 일어선다. 원수를 갚고야 말겠다.

혼도   조용히 해! 네년은 입을 열면 독설뿐이로구나! 허나 실컷 떠들어 둬! 오늘밤은 성치 못하리라! 왓핫…

아실, 털썩 주저앉는다.

김방경   자, 그럼 가보겠소이다.

혼도   좋소! 가보시오. 모레 여몽연합군의 총반격이 있을 것이오. 내일 우리는 이곳을 출발하오. 만반의 준비를 다 갖추

도록 하시오.

김방경은 나가고, 혼도, 다시 술병을 기울여 들이킨다.

김방경 (막사 문 앞에 나와 하늘을 보며 한탄한다) 무지몽매한 놈들! 멀지 않아 네놈들은 기필코 망할 것이다. 그때까지 잘 버텨야 하는데… 저 애 일이 걱정이군. (퇴장)

혼도 (취해 있다) 나는 고려인들이 싫다. 글을 잘 알고 우리같이 무식한 민족을 깔본다 말이다. 저 김방경의 눈을 봐라. 겉으로는 죽는 시늉을 하지만 나는 분명 알고 있다. 눈 속에는 이글이글 증오심이 불타고 있고 속으로는 나를 무식꾼이라고 깔보고 있다. 나는 네놈들이 우리를 뒷덜미에서 무어라고 부르는지 잘 알고 있지. 잘 알고말고. 오랑캐 몽고놈이라 부르지. 게다가 어떤 놈들은 더러운 똥뙤놈이라 부르는 것도 알고 있단 말야. 그렇게 더러운 욕이 어디 또 있어? 흰옷 잘 입은 제놈들 똥밖에 안 된다 이거야. 나는 고려놈들을 싫어해. 삼별촌가 뭔가 하는 놈들은 계속 달라붙고 있어. 고려놈들은 끈질기고 오기가 많아. 그중에서도 네 오기는 특별상 감이지만 말야. (아실의 턱을 건드린다. 아실, 완강한 반항을 한다)

아실 더러운 놈! 가까이 오지 마라! 혀를 물 테다!

혼도 네 아비같이 말이냐? (너털웃음) 너 아까 보았지? 네 나라 일급 장수가 내게 무어라고 하더냐? 너희 나라 왕이 보낸 그 〈진정표〉에 무어라고 했더냐? 몽고는 상국이고 너희 고려는 소방이라 칭하지 않았더냐? 일개 소방의 계집이 상국의 장수를 감히 능멸하다니, 네 나라 장수가 지켰듯 너도 예의를 지키란 말이다. (아실의 어깨를 붙들어 억지로 그의 발밑에 꿇어 엎드리게 누른다)

아실 놔라! 놔! (뿌리치나 혼도의 완력에 꼼짝 못한다)

혼도 (혼자 뇌까리듯 말한다) 삼별초에서 승화후 온이란 자를 우두 머리로 내세워 나라를 세웠다 한다.

아실 (소스라친다) 승화후 온, 그분께서 왕이?

혼도 지독한 놈들. 그리고 본거지를 서해 바다 구석 진도에 옮 겨 최후의 발악을 하고 있다. 게다가 김윤후란 중놈은 충 주성에서 제법 버틴다는 거야. 빌어먹을! 방보라는 자는 밀성에서 민란을 일으켰다지. (벌떡 일어난다) 끈질긴 놈들. 내 그만 놔두고 보진 않으리라. 내일 당장 여몽연합군을 증원하리라! 삼군 중좌우군을 새로 편성하고 이번에는 그 냥 돌아오지 않으리라. 그 보답을 받으리라. 일본 정벌에 필요한 모든 물자를 대게 하리라. 배 3천 척, 배 만드는 장 인과 인부 3만 5천, 말 7백 마리 그리고 공녀 3백 명을 바 치라 명하리다. (너털웃음) 어떠냐? 내 방대한 계획이?

아실 고려는 반도의 나라. 그래서 외적의 침입을 수도 없이 받 았었다. 하지만 우리 겨레는 한 핏줄, 한겨레. 모든 국난을 서로 의지하고 견디어 이겨냈다. 오늘날 또 너희들의 침 입을 받았다. 어언 30년. 뼈와 가죽만 남은 백성들이 나뭇

가지를 무기 삼아 싸우고 있다. 내 어이 그 정신을 버리리오. 흙이 되어도 고려의 한줌 흙이 되고 싶은 이 내 마음을 하늘은 아시리라. 오늘 힘없이 너희에게 끌려와 모든 곤욕을 치르지마는 나는 믿느니라. 흰옷 좋아하는 우리 겨레, 천세만세 살아남아 아름다운 문화를 자랑하리라! 인은 인을 불러오고, 선은 선을 불러오고, 악은 악을 불러 오리니, 네 나라의 갈 길은 네가 더 잘 알리라.

혼도 보자보자 하니, 요망한 것! (뺨을 수없이 내리친다. 아실, 비틀거리며 넘어진다)

아실 (하늘을 우러러 본다) 아버님! 어디 계시온지요? 소녀에게 힘을 주소서!

혼도 그 아비에 그 딸이로다. 네년의 오기는 한이 되어 날로 단단해졌겠지? 그 돌덩이로 나를 치려고 별러 왔을 거야. 몽고옷을 거부한다고? 하지만 이제 발가벗겨주마. 네년에게서 고려인인 것은 모두 벗겨내어 빼앗고 말겠다! (아실을 침상 옆으로 몰고 간다)

아실 아비를 죽인 놈! 차라리 나도 죽여라!

혼도 네 아비처럼 명예롭게 스스로 죽게 하지는 않을 것이다. 고려인답게 죽게 하지는 않으리라.

아실 이리! 늑대! (필사적으로 도망가며 소리친다. 그리고는 침상 옆에 놓여 있던 혼도의 칼을 휘두르나 달려든 혼도의 손아귀에 갇혀 버린다)

혼도 그래, 이리의 맛을 보여주리라. 너는 내가 너를 원한다고 생각하느냐? 천만에, 사사롭게 여자의 몸을 탐했다는 소리를 들을 이 혼도가 아니다. 나는 결코 너를 범하지 않으리라. 대신 이리의 참맛을 보여 주리라! 야수 같은 몽고놈의 법칙을 가르치리라! (천막 밖에 나와 소리친다) 이놈들아! 모두 깨어라! 내가 너희에게 좋은 선물을 하겠다!

혼도, 천막 안으로 들어가 아실을 끌고 나온다. 아실을 천막 밖으로 밀어낸다. 그리고 무대 밖으로 끌고 나간다.

혼도   그년을 데려가라! 데려 가서 너희들 마음대로 하라!

군사들   (소리) 와! (함성되어 떠드는 소리)

혼도   너는 이제부터 진짜 이리의 밥이 되는 거다. (천막 안으로 되돌아간다) 화등잔만한 눈깔에 퍼런 불꽃을 실컷 태워봐라. (술을 병째 다 마셔 버리고 병을 바닥에 던진다) 고려인이지만 아까운 인물이었다. 일개의 어린 계집아이까지 저토록 충절한 마음을 갖다니, 고려는 영원히 원(元)이 될 수 없을지도 몰라. (침상에 가 엎어진다)

아실   (멀리서) 아버지! 아버지!

무대는 이리들이 컹컹 짖는 소리와 군졸들의 아우성 소리로 떠나갈 듯하다. 무대는 흡사 지옥의 소리에 파묻힌다.

– 암전.

제 7 경

제 6 경과 같은 장소. 황폐한 대지가 드러나 보인다. 다만 천막
등이 거두어져 모두 떠나고 없음을 알게 된다. 이 장면 처음 시작
은 매우 환상적으로 한다. 갑자기 무대 왼쪽에 재 속에 묻혔던 불
씨가 살아나듯 조명 조금씩 살아난다. 아실의 꿈. 매우 환상적인
색깔이 무대를 지배한다. 동그란 불빛 속에 승화후 온 서 있다.
고려 총각들의 밝은 옷차림. 그의 손에는 활이 들려져 있다.

숭화후 온   아가씨 ! 아가씨!

아실   (목소리만) 뉘시온지?

숭화후 온   나요!

아실   (목소리만) 나? 나라니요?

숭화후 온   벌써 잊었소?

아실   (목소리만) 잊다니요? 뉘시온지?

숭화후 온   온을 벌써 잊었단 말이요? 아가씨와 강보에 싸인 채 혼약
을 맺었건만!

아실   (목소리만) 아…!

숭화후 온   이제 알겠소? 수륙 삼천리 머나먼 곳을 멀다 않고 찾아 왔
소. 어서 나와요! 얼굴을 보고 싶소…

아실   (목소리만) 안 되옵니다. 얼굴을 뵈올 수가 없사옵니다.

숭화후 온   안타깝소. 내 품에 안겨보시오! (그는 팔을 벌리고 사위를 두리
번거린다)

아실   (목소리만) 아실을 찾지 마옵소서! 아실은 이미 몽고로 떠나
고 없사옵니다. 이미 떠났어요… 아니 죽었어요…

숭화후 온   아니오! 나는 아실 아가씨를 찾아야 하오. 백년가약 맺은
사이. 그녀를 찾아 혼인하겠소. 옥동자를 낳겠소. 그래서
고려의 왕으로 키울 것이오.

아실   (목소리만, 탄식한다) 아! (사이) 잊으셔요! 잊으셔요! 아실은
이미 고려 여인이 아니어요. 몽고인에게 짓밟혔어요. 이미
죽었어요. 가셔요! 가셔요!

숭화후 온   아실은 나의 여인이요. 나의 아내요.

아실   (목소리만) 아니어요! 아니어요! (울부짖는다) 가셔요! 가셔요!

숭화후 온   갈 수 없소. 그대의 얼굴을 보지 않곤 갈 수 없소.

아실   (목소리만) 제발!

숭화후 온   나와요! 어서! 보고 싶소!

아실   (목소리만) 저는 이미 더럽혀진 몸. 제 몸에는 닦을 수도, 태
울 수도 없는 더러움만이 남아 있어요.

숭화후 온   (애원한다) 보여주오. 얼굴 한번 보여주오. 그러면 내 가
리다.

아실   (사이) 여기예요! 이곳이에요.

다시 작은 불씨처럼 아실의 얼굴에 조명 떨어진다. 아실의 얼굴.
흉측하게 일그러지고, 커다란 탈이 그녀의 얼굴을 낙인처럼 덮고

있다.

숭화후 온 아! 저런 흉측한 얼굴! (그는 반사적으로 아실을 향하여 활을 겨눈다)

아실 (놀람의 소리) 아! 내 얼굴! 내 얼굴! 저 흉측한 모습! 저 얼굴이 진정 나란 말인가? 아…

숭화후 온 (서두른다) 난 이제 가겠소.

암흑 속으로 말 달려가는 소리. 휘몰아치는 북풍 속을 달려가는 말발굽 소리. 두 군데 떨어졌던 불꽃 조명. 동시에 팍 꺼져 버리고 유령처럼 서 있던 숭화후 온, 아실의 모습, 사라진다. 꿈속의 말발굽 소리와 현실의 말발굽 소리가 오버랩 된다. 현실로 돌아온 조명. 희끄무레 날이 밝아오는 새벽을 알린다.

아실 가지 마세요! 가지 마세요! 도련님! 도련님!

무대 왼쪽. 거적에 시체처럼 싸인 채 버려져 있는 아실, 꿈틀거린다. 가까이서 길게 우는 말의 울음소리. 무대는 휘몰아치던 바람마저 잠이 들어 고요가 눈처럼 덮여 있다.

인인 (앞에서와 같은 복장을 하고 살금살금 오른쪽 편에서 들어온다) 워째 으스스하당께? (어둠을 더듬더듬 휘저으며 나온다) 어젯밤 질탕하게 처먹고 놀더니 밤새 천막까정 모두 걷어갔단 말시.

무신 꿍꿍이 속이당가? 군사들의 이동이 분명 있는 모양인디… 그나저나 그렇다면 아실 아가씨를 찾아내는 일이 더 어려워지잖았는감? 분명 혼도가 이끄는 군대가 이곳에 주둔했다고 했는디… 혼도가 있는 곳에 아실 아가씨가 있을 터이고… 헌디, 이 군사들이 밤새 어디로 뜨고 없다. 일이 요로코롬 되버렸단 말여. 참말로 고려가 어찌 되어 가는지 모르겠네. 삼별초가 예까지 탁 밀고 올라와 저 몽고 놈들을 만주 벌판으로 싹싹 밀어내버렸으믄 월매나 좋을 것인가? 오살을 헐! 가뜩 섬뜩해 오금을 필 수가 없는데, 날씨는 왜 이리 춥당가?

인인, 잔뜩 몸을 웅크리고 더듬더듬 나온다. 아실이 덮여 있는 거적에 걸려 나둥그러진다.

인인　아이구매, 나무관세음보살! 나무관세음보살! 오살을 헐!

인인, 천천히 일어나 거적을 들춰본다. 여자의 긴 머리칼이 보인다. 인인, 긴장한다.

인인　하면? (더 자세히 들여다본다) 아가씨! (대성통곡한다) 예까지 찾아온 것이 모두 헛지랄이여! 이 신세는 워떠코롬 요렇게 요리조리 배배 꼬였당가? (하늘을 우러러본다) 하늘님, 참말로 무심허시요, 잉! 워째 이러신다요? 왜 사람을 자꾸 요리조리 조리질을 해대시냐 이 말이여라우. 아가씨! 왜 벌써! 목숨을 끊으셨다요! 숭화후 온께서 나를 보냈구먼유. 헌데 그새 이게 뭔 일이다요?

아실　아… 아… 아… (거적이 꿈틀거린다)

인인　아니, 이게 뭔 소리당가? 지금 금세 난 소리가… 내가 잘못 들었는가? (서둘러 거적을 벗겨내고 아실의 가슴에 귀를 댄다) 어이쿠! 하늘님. 감사하요잉. 그러면 그렇지, 하늘님도 무심치는 않으시당께. 제가 아까 뭐라 했어라우? 하늘님도 무심치 않으시다 않혔능가요?

아실　(미동도 않은 채 작게 중얼거린다) 아버님…! (사이) 아버님…! (사이. 벌떡 일어나 혀를 물려하나 인인의 잽싼 저지에 뜻을 이루지 못한다) 나를 내버려 둬라! 혀를 물어야 하느니라. 나는 고려의 여인, 혀를 물어야 하느니라. 나는 아버님의 혼을 괴롭혔느니라. 나는 몽고놈들에게 몸을 짓밟혔느니라. 나는 더 이상 살 수가 없느니라. 고려 여인답게 죽음으로 영혼을 씻으리라. 더러워진 피를 씻으리라! 혀를 물게 해다오! 혀를 물게 해다오! (사그러져 가는 소리. 털썩 고꾸라진다)

인인　아니, 왜 이러신다요? (달려들어 아실을 부축해 앉힌다. 그리고는 때 묻은 수건을 허리춤에서 꺼내어 아실의 입에 물린다)

아실　(몸부림친다) 놓아요!

인인　혀를 문들 뭔 소용이겠소? 아실 아가씨를 숭화후 온께서 기다리시지라우. 하기사 고려놈치구 살구 잡어 사는 놈이 몇이나 있다요? 나라 뺏기구, 부모, 형제 다 죽이구. 게

다가 식량꺼정 몽땅 뺏기구… 생각허믄 생각힐수록 죽구
잡지요. 허지만 생각해 보시쇼잉. 다 죽구 잡어 죽는다면
이 나라는 우떻게 되겠소? 참아야지라우. 암요, 참구, 저
뙤놈들 망힐 날을 기대리구 살아야지라우. 승화후 온께
서 진도로 내려가신 후 승승장구. 남해, 거제, 합포, 금주
꺼지 삼별초가 점령했다요. 그나 그뿐이것소? 밀성, 개경
에서는 관노, 천민들이 합세해 일어나구 있다는 거여. 몽
고놈들 망할 날도 시간문제여라우. 게다가 아가씨께 말씀
드릴 일이 또 있어라우. 아가씨가 진정하시고 내 말을 따
른다면 말씀드리겠소만 그렇지 않으면 말 못하겠소. 아가
씨는 저를 모르지만 저는 아가씨를 이미 알구 있구만이라
우. 몇 달 전 개경에서 큰 일이 있었지라우. 몽고놈들 대항
해서 혀를 깨물고 돌아간 분이 사대문 귀퉁이에 매달리게
된 날, 나는 아가씨를 봤었지라우. 그려, 아가씨의 애절한
모습을 본 후 그만 나도 개경을 떠나 삼별초로 아주 들어
가버렸당께로. 그리구 승화후 온 그분을 만났었지라우. 그
분 분부로 아가씨 고향을 다 안 갔었겠소? 그리구 아가씨
어머니도 만나뵈었지요.

아실 아, 어머니. 어머니? (벌떡 일어난다)

인인, 자갈 물린 수건을 빼준다.

인인 그것 보랑께. 차분히 계시면 다 말씀 드린당께. 얼마 전 안

일인데… 어머니는 그만 돌아가셨다요. (혼자 소리같이) 차라리 그게 낫지라우…

아실   아니, 돌아가시는 게 낫다니?

인인   아, 아니랑께. 그냥 그렇게만 알아두시쇼, 잉. 그것보다도 아버님 시신은 내가 잘 모셨당께. (소매 끝으로 눈가를 훔친다) 개경 한 바퀴 조리 돌리고 군졸들이 지친 모양입디다. 나는 일부러 망나니짓을 해가며 쫓아댕겼지라우. 군사들이 지친 틈을 타 그들에게 말했지라우. 시신 처리는 내가 한다니께 그들이 순순히 내줍디다요. 양지바르고 눈앞이 탁 트이는 산기슭에 잘 모셨지라우. (품속에 간직했던 권문직의 칼을 꺼내어 아실에게 내민다) 이것 잘 간수하시랑께.

아실   아, 이것은 아버님의?

인인   예. 권문직 대감이 혼도를 죽이시려 했던 것이지라우. 제가 예까지 온 것도 물론 숭화후 온께서 보내신 때문이지만 지는 지 나름대로 뜻이 있었당께로. 이걸 아실 아가씨께 꼭 전하고 싶었지라우, 이 칼로 아버님의 원수를 갚으시랑께. 고려의 원수를 갚으시란 말이요. 지금 혀 물고 죽는 것만이 능사가 아니랑께. 더구나 진도에서 숭화후 온께서 마지막 힘을 다해 몽고놈들과 싸우기에 여념이 없으시요. 이래두 혼자만 죽고 마시겠소? 가야지라우. 진도로 가서 싸워야지라우. 고려 백성으로 싸워서 이겨야지라우. 고려가 그렇게 쉽게 망해서야 쓰간디? 제가 앞장 스겠소. 일어나시쇼, 잉.

아실　(넋 빠진 짚인형처럼 인인이 시키는 대로 부스스 일어난다. 옷은 반이
　　　나 찢겨 몸을 겨우 가리고 있다)

인인　서둘러야겄으라우. 여몽연합군인가 뭔가 맹글어 한꺼번
　　　에 대대적으로 친다는 소문이랑께. 이곳 군사들도 이동한
　　　것을 보면 큰일이 한판 벌어질 판이랑께. 어서 가서 알려
　　　야지라우.

아실　(아무런 감정도 들어 있지 않은 작으나 단호한 어조로) 가자!

인인　그래야지라우, 어서 가시잔께.

　　　그들 둘, 천천히 퇴장.

　　　– 암전.

제 8 경

원종 12년 진도 용장성 성안과 성밖. 호리전트에는 바다 위에 점점이 떠있는 섬들이 비친다. 수평선 너머로 물새 소리가 들려온다. 백성들이 허물어진 성벽을 돌들을 날라다 쌓고 있다. 순금아범, 어멈도 보인다. 얼굴에 흙 검정을 잔뜩 묻히고 무명옷에 무명 수건을 쓴 아실도 광주리에 돌을 날라다 벽을 쌓고 있다. 인인, 성 밖으로부터 들어온다.

인인　　(순금어멈에게 장난스럽게) 그것 봐여. 예 오면 뭐 좋은 일이 있남? 허물어진 돌벽 쌓는 일이나 헐 텐데 워째 당신들꺼지 굴비두름 마냥 줄줄이 일어서서 따라왔느냐 이 말여!

아실　　왜 또 왔어? 어서 가! (작은 소리로 나무란다)

순금어멈　(눈 흘긴다) 엇따, 물고기 물 만났네. 뭐가 저리 신이 날꼬?

순금아범　고만 이죽거려. 더 입 놀리다간 순금어미 돌 물려줄라.

인인　　(얼렁뚱땅 웃으며 아실을 한쪽으로 데려간다) 아실 아가씨, 어쩌시겠소? 온왕께 이야그를 하시능게…

아실　　(놀란다) 안 돼! 그런다면 나는 저 바다로 가 몸을 던지겠다!

인인　　아, 알겠소. 화내지 마시쇼, 잉. 하지만 하두 딱들해서…

아실　　나는 죽은 지 오래야. 나는 다만 고려 백성으로 와 돌을 날라 성벽을 쌓고 있을 뿐이야. 그것으로 족해. 더 아무것도

바랄 것이 없어. 네가 자꾸 이곳을 왔다갔다 하면 눈치 채

실지도 몰라. 어서 어서 가. 다신 오지 말어.

인인   내 가슴이 답답혀서 그려요. 지척에 두고도 그분을 찾아

보시질 않으시니, 참을 인짜 둘 가진 인인이도 더는 못 참

겄소.

아실   나는 그분을 모른대두! 강보에 싸인 채 그분과 혼약을 맺

었던 아실은 이미 죽었어. 다신 그 얘기 허지 마. 나를 더

이상 괴롭히지 마. 나는 여기서 이렇게 군사들 밥 하구 빨

래하구, 허물어진 성벽, 돌을 날라다 쌓구 하는 일로 만족

해. 와보니 할 일이 너무 많아. 잘 왔다고 생각해. 그 점 인

인에게 감사해.

인인   알았으라우.

이때, 배중손 장군과 온왕, 갑옷에 전복 차림으로 그들에게 가까

이 온다.

숭화후 온   수고들 하시오! (지나쳐 간다)

순금어멈, 아범, 모두 소리 높여 대답하나, 아실, 잔뜩 머리를 숙

이고 얼어붙듯 가만히 서 있다.

인인   여그, 저… 저… (아실의 이야기를 하고 싶으나 못하고 그저 핵심도

없는 말만 덤벙대며 떠벌린다)

아실   (애원조로) 인인!

인인   알았구만이라우.

순금어멈   쯔쯧….

인인   (성안으로 들어간 배중손 장군에게 다가가 말한다) 장군께 아뢰오. 지금 육지에 나갔다가 들은께로 흔도와 김방경이 이끄는 여몽연합군이 저 나루쪽 해안에 모두 집결해 있다 하옵니다. 소문에는 공격명령만 내리면 쳐들어 올 만반의 준비가 끝났다 하옵니다. 신무기로 불화살, 화포, 화창 등을 쓴다 하옵니다. 군사의 숫자도 어마어마하다 하옵고요.

배중손   죽을 때까지 싸워보는 거다!

숭화후 온   우리도 모든 군대의 정비를 하도록 하시오. 삼별초는 무기가 없으면 몸으로, 돌멩이로라도 대항할 것이오. 피 한 방을 안 남는다 해도 죽기로 싸울 사람들뿐이니 어떠한 적도 두렵지 않소. 무기와 곡식을 다시 점검하시오. 특히 배에 고장난 것이 없는지 일일이 재점검하시오. 오늘밤부터 특별 경계를 펴야 할 것이오.

배중손   (성벽 높은 누대에 올라가서 군사들 쪽을 향해 명령한다) 군사들은 듣거라! 모든 무기를 다시 점검하라! 곡식 창고, 배, 모두 살펴 두도록 하라!

군사들   (소리) 와!

숭화후 온   성 밖의 백성들은 모두 성안으로 들게 하라. 그리고 성문을 굳게 지키도록 하라!

배중손   성 밖의 백성들은 모두 성안으로 들라! 어둡기 전에 모든 준비가 끝나도록 하라!

인인　자, 순금어멈, 순금아범, 아가씨, 모두들 성안으로 가시지라우. 싸게싸게들, 허쇼 잉. 어째 으스스한 게 한판 붙을 것 같소.

순금아범, 어멈, 아실, 성안으로 들어가, 적당히 거적으로 막아 놓은 자리에 쭈그리고 앉는다. 사위는 무서운 적막에 휩싸인다.

순금어멈　(작은 소리로 아실 어머니 정씨가 즐겨 부르던 자장가를 무심히 홀린다)
대자대비 부처님
우리아기 살펴주오.
천수가진 부처님
우리아기 재워주오…
어머님 돌아가신 지도 어언 넉 달이구먼유. 기일이 섣달 초이튿날이니께 잘 외워두서유.

아실　(힘없이) 고맙소.

순금어멈　어머닌 들판을 바라다보길 좋아하셨지유. 대감마님이 오시나 아가씨가 오시나 허구 말여유. 그리구는 언제나 자장가를 부르시면서 제웅을 가슴에 안고 토닥거리셨구먼유. 지금은 온 마을 사람들이 그 자장가를 부르지유.

아실　어머니!

순금아범　아, 임자. 뭔 짓거리여? 뭔 지낸 이야글 해갖구 아가씨를 울리냐 말여!

순금어멈 그려유, 알았어유. 그럼 어쩌겠어유? 마음이 아퍼도 알 건 알아야지유.

순금아범 아, 그려두 입 닥치지 못혀?

아실 (천천히 걸어나와 무대 앞쪽에 선다) 하늘님! 너무 벅차옵니다. 당신께서 주신 시련, 견디기 어렵사옵니다. 고려 여인임에 꿋꿋이 견디라 하시지만, 정말 어렵사옵니다. 하늘님. 어찌해야 하옵니까? 저는 이미 고려 여인의 자격이 없는 몸이옵니다. 죽을 기회마저 놓친 몸, 더는 버틸 수가 없사옵니다.

인인, 멀찍이 서서 아실을 바라본다. 익살스럽던 모습은 간 곳 없는 진지한 모습.

인인 (혼잣소리로) 참말로, 아가씨를 보믄 억장이 무너지요! 이제 이 인인이 아가씨를 사모하는 것 같소. 부모님 다 비명에 돌아가시고, 지척에 님을 두고도 가슴에 맺힌 한을 풀 길이 없는 아가씨 심정, 이 인인이 안다니께요. 내 심정이 또한 그렇소. 참말로 요상허고 기맥힌 일이여라우.

인인, 휭 하니 누대를 돌아 사라진다. 밝은 빛에 싸인 누대에는 승화후 온이 홀로 서서 망망(茫茫)한 바다를 내려다보고 있다.

아실   (서성인다) 꽃 피고, 새 울면 혼약을 이루리라 서약한 저분이 저기 계시건만… 저 준수하신 모습… 저 높은 기상… 아, 내가 무슨 염치로 이곳에 와있단 말인가? (안절부절한다) 한(恨)이어라. 세상에 태어난 것이 한이어라. 용광로 쇳물이 끓어오르듯 끓어오르는 이 마음, 어찌 할까? 어찌 할까? (품속에서 칼을 꺼내어 손에 쥐어본다. 단호한 어조로) 아니다. 나는 이미 죽은 몸. 회령 들판에서 천만 번 죽임을 당한 몸. 고려의 모습이신 도련님을 이렇게 뵙는 것만도 천행이거늘… 고려가 바로 서는 날, 나는 갈 길이 따로 있는 몸. (칼을 달빛에 비춰 본다)

순금어멈   아가씨! (아실에게로 다가온다) 어디 아프신 거나 아닌감유?

아실   아, 아니야. 아무것두 아니야. (황급히 칼을 감춘다)

순금어멈   그런데 꼭 열 오른 아이같이 헛소리를…

아실   아니, 아니라니까. 어쩐지 사위가 너무 적막한 것 같아서… 혹시 오늘밤 무슨 일이나 일어나지 않을까 걱정이 되는구면.

순금어멈   일어날 테면 일어나라지유. 자식두 굶겨 죽이구, 고향도 버린 몸이니께, 무서울 것 없구면유.

아실   그래, 무서울 게 없지. 자, 잠이나 자두자구.

순금어멈과 아실, 거적 위에 눕는다. 인인, 배중손 장군 등은 성벽 위에 올라 밖의 동정을 살핀다. 고요와 어둠이 적막한 무대를 만들고 있다.

순금어멈 너무 조용하니 기분이 이상허구먼유. 일이라두 허는 게
낫겄구먼유. (호롱불을 켜고 아실과 함께 붕대를 만들기 시작한다)

아실 순금어멈두 마음이 이상해?

순금어멈 (버릇이 된 듯 정씨부인이 부르던 그 자장가를 또 중얼거린다)
대자대비 부처님 우리아기 살펴주오.

천수가진 부처님 우리아기 재워주오.

아실 그러고 보니 순금어멈두 노래를 썩 잘 부르는구면.

순금어멈 어머님은 좋은 분이셨어유. 우리 마을에서는 모두 이 노
래를 자장가 삼아 부르곤 했지유. 저는 맴이 시글쩍하면
이 노래를 부르지유.

아실 (팔베개를 하고 누우며) 어렸을 때 나는 어머님 노래를 들어야
잠을 자군 했다우.

순금어멈 (한숨) 이젠 이 노래를 불러서 재울 자식마저 한 명도 안 남
았구먼유. 병, 기근에 모두 죽고 순금인 공녀로 끌려가 종
무소식이고…

아실 정말 안됐우.

순금어멈 우리들은 왜 이다지도 각박한 운명들을 타고 났을까유?

인인 (헐레벌떡 뛰어 들어와 승화후 온에게로 간다) 장군님! 장군님!

숭화후 온 무슨 일이냐?

인인 저쪽 해안에서 점점이 불빛이 늘어나기 시작했습니다요.
갑자기 불빛이 온 바다를 덮었습니다요!

백성들 (소리) 기습당했다! 적군이다!

갑자기 꽝하며 떨어지는 폭음과 함께 섬광이 번쩍인다. 화포가
터지고 불화살이 나른다. 무대는 잠시 폭음과 불규칙한 섬광에
점령당한다.

숭화후 온을 제외한 모든 백성들 납작 엎드린다.

백성들　(소리) 적이다! 한 놈도 남기지 마라!

배중손　군사들은 북쪽 성문 앞에 집결하라!

숭화후 온　(누대에 올라 앉아 직접 큰 북을 치며 군사들을 독려한다) 우리는 고
려인이다! 한 놈도 빠짐없이 쳐부수라! 고려인답게 부끄
럼없이 싸우라!

순금아범, 어멈, 아실, 그밖의 백성들 성벽 위로 돌을 날라다 결
사적으로 던진다. 무대는 군사들의 고함소리, 아우성소리, 화포
터지는 소리로 아비규환 속에 빠진다. 숭화후 온, 북채를 집어 던
지고 누대를 뛰어 내려와 성 밖 전쟁터로 뛰어나가다가 들어오는
인인과 마주 친다. 그러나 뛰어 나간다.

인인　아니 되옵니다. (숭화후 온의 뒤에 대고 소리친다) 아니 되옵니
다. 전세는 이미 우리에게 불리하당께요. 배중손 장군이
지금 막 전사하셨구만이라우. 군사들은 우왕좌왕, 여몽 연
합군은 사면 해안으로 바다가 넘쳐나듯 쳐들어오고 있단
말시. 틀렸사옵니다요. 왕폐하! 아니 되옵니다. 그러시면
모든 게 끝나버린당께. 피하시고 다음 기회를 보시랑께로.

아가씨, 아가씨도 어서 같이 피하시랑께! (그러나 인인도 뒤따라 뛰어 나간다)

아실 왕폐하! (무릎을 꿇고 주저앉는다) 도련님!

순금아범 나두 가것시유.

순금어멈 안 돼유. (순금아범 꼭 붙들고 놓질 않는다) 당신마저 빼앗길 순 없어유. 가지 마셔유.

순금아범 아니, 이 예편네가 사람 뱅신 만들라나? 아, 싸움터에서 나만 마누라 치마꼬리 잡고 살아남으란 말여? 놔! 놓으리니깐!

순금어멈 안 돼유, 안 돼구 말구유. 놓을 순 없어유.

군사들의 소음, 최고조에 달한다. 혼도, 뒷걸음질치며 들어온다. 승화후 온의 칼, 혼도의 목을 겨누고 있다. 순금어멈, 순금아범을 이끌고 바위 뒤로 가 엎드린다. 혼도를 호위하던 몽고 군졸들이 동시에 덤벼들자 승화후 온, 칼을 날려 두 군졸을 처치하고 다시 혼도를 칼끝으로 몰고 가는 찰나 혼도와 몽고 군졸들이 합세하여 승화후 온의 칼을 빼앗고 포위한다.

승화후 온 분하다. 오늘이야말로 구천에서 떠도는 고려인의 혼령을 위로하려 했거늘, 네놈의 목을 치지 못한 것이 천추의 한이로다.

혼도 역시 대단한 놈이로구나. 아직도 고려! 고려! 30여 년을 눌려 살아온 놈들에게 어떻게 저런 기상이 살아 있단 말이냐?

숭화후 온 내 오늘 비록 죽으나, 고려는 영원히 죽지 않으리라. 내가 오늘 죽음으로 해서 고려가 살 수 있다면 천만 번 죽으리라. 천만 번 기꺼이 죽으리라.

혼도 그 기상 한번 좋다. 그러나 이제 너는 살아남지 못하리라.

혼도, 칼로 숭화후 온의 목을 치려는 순간 뒤에서 달려든 아실의 은장도에 등을 깊숙이 찔려 넘어진다. 모든 일이 순식간에 일어나고 무대는 갑자기 술렁거린다. 몽고 군졸들, 칼과 창을 겨누고 숭화후 온과 아실을 에워싼다.

혼도 아니, 저, 저 계집은? 으음, 그때 그 공녀! 궈, 권문직의 딸….

숭화후 온 (놀란다) 아실 아가씨?

아실 도련님!

숭화후 온 죽었다던 아가씨가 어떻게? 어떻게?

혼도 그, 그들을 가, 가차없이 죽이라….

혼도, 고개를 떨군다. 혼도의 죽음과 동시에 몽고군졸들, 아실과 숭화후 온을 칼과 창으로 내려친다. 김방경, 인인의 주검을 든 군졸과 함께 황급히 들어와 비극적인 광경에 잠시 놀란다.

김방경 (혼도에게로 달려간다) 장군!

몽고군졸 운명하시었소.

김방경 아니, 이 사람들은?

몽고군졸 그들도 죽었소.

김방경 어서 혼도 장군의 시신을 잘 모시어라.

군졸들, 혼도의 시신을 들고 오른쪽으로 나간다. 김방경, 아실과 승화후 온에게로 가보고 놀란다.

김방경 이 아이는 공녀로 끌려갔던 권문직 대감의 딸 아닌가? 그리고 승화후 온! (잠시 착잡한 표정. 중얼거리듯 낮게 말한다) 기다리시오. 그대들 죽음이 헛되지 않아 고려에도 동틀 날이 올 것이오.

김방경, 무대 오른쪽으로 나간다. 그가 나가자마자 숨어 엎드렸던 순금아범, 순금어멈, 엉금엉금 기어나온다.

순금아범 왕 폐하!

순금어멈 아가씨! 어이구, 인인이 이놈의 인사! 워째 이리 말이 없는겨?

순금아범 이제 울어본들 소용없네. 시신들이나 양지 바른 곳에 모시자구.

순금어멈 그려유. 한 많은 사연일랑 파도에 씻겨버리게 바다가 잘 보이는 곳에 모십시다유.

74

순금아범 그려, 어서 인인이부터 옮기세나.

인인의 시신을 들고 무대 왼쪽으로 나간다. 무대 위에는 잠시 승화후 온과 아실의 시신만이 덩그러니 놓여져 있다. 적막 속에 가라앉아 있던 무대가 철썩철썩 파도소리, 무심한 물새소리로 다시 떠오른다.

— 막.

(劇中人物과 歷史의 人物과는 서로 다름)

한국 희곡 명작선 102

貢女 雅實 (공녀 아실)

초판 1쇄 인쇄일   2022년 11월 1일
초판 1쇄 발행일   2022년 11월 7일

지 은 이   강추자
만 든 이   이정옥
만 든 곳   평민사
          서울시 은평구 수색로 340 〈202호〉
          전화 : 02) 375-8571 / 팩스 : 02) 375-8573
          http://blog.naver.com/pyung1976
          이메일 pyung1976@naver.com
등록번호   25100-2015-000102호
ISBN   978-89-7115-042-9 04800
           978-89-7115-663-6 (set)
정   가   8,000원

이 책은 사단법인 한국극작가협회가 한국문화예술위원회의 2022년 제5회 극작엑스포
지원금을 받아 출간하였습니다.